KB188322

하루 종일 밥을 지었다

시작시인선 0511 하루 종일 밥을 지었다

1판 1쇄 펴낸날 2024년 10월 4일
지은이 이화영
펴낸이 이재무
기획위원 김춘식, 유성호, 이형권, 임지연, 차성환, 홍용희
책임편집 박예솔
편집디자인 민성돈, 김지웅, 정영아
펴낸곳 (주)천년의시작
등록번호 제301-2012-033호
등록일자 2006년 1월 10일
주소 (03132) 서울시 종로구 삼일대로32길 36 운현신화타워 502호
전화 02-723-8668
팩스 02-723-8630
블로그 blog.naver.com/poemsijak
이메일 poemsijak@hanmail.net

ⓒ이화영, 2024, printed in Seoul, Korea

ISBN 978-89-6021-781-2 04810
　　　978-89-6021-069-1 04810(세트)

값 11,000원

하루 종일 밥을 지었다

이화영

천년의
시 작

시인의 말

　사내는 커다란 은색 피처를 들어 올렸다. 우리는 서로의 언어를 모르므로 열적게 미소로 응답했다. 직사각형 긴 테이블을 한 바퀴 돌아온 사내는 순박한 미소와 함께 다시 내게 은색 피처를 들어 올렸다. 따르지 않았으나 권하는 제스처를 잊지 않았다. 나는 두 손으로 은색 피처를 잡았다. 우유에 차와 소금을 가미한 담백한 맛이 온기를 돌게 했다. 한 잔을 마시고 다시 한 잔을 더했다. 향신료와 육류 냄새에 지친 이방인에게 사내가 권한 수테차는 내 지친 여정의 가나안이었다.

차 례

시인의 말

제1부

제2부

제3부

제4부

해 설

제1부

새는

엇박자 날갯짓이 유리 벽에 부딪혀 파닥거렸다

갇힌 순간
바람과 공기의 흐름을 잃은 새는
계단을 흐르는 미세한 공기의 흐름조차 감지하지 못했다

짹짹,
금세 밖으로 뛰쳐나갈 것 같은데
새는 생각을 찢을 수 없다

옥상 문을 열고 빗자루를 들어 새를 몰았다
뿔 없는 작은 짐승이 몸을 돌려 포효하듯
빛을 향해 날아갔다

모르는 당신

나는
당신의 이름을 알지만
당신은 모릅니다

당신을 만나서 기쁘지만 언제 당신을 잊을지 모릅니다

당신의 얼굴은
내가 아는 그녀와 많이 닮아서 자꾸 웃게 합니다

왜 이렇게 늦게 만났느냐고
어디 사냐고
묻지만
그 순간에도 난 당신을 잊어 갑니다

어느 날은 전혀 모르는
당신이 따뜻했습니다
당신은 내 손을 잡고 하염없이 울었습니다

우리는 어디서든 잊고 있습니다
잊는 일은 우리를 만나고 웃게 합니다

\>

사람들은 나에게 친절합니다
나는 꽃잔디 같은 미소를 짓고
당신은 자꾸 내 손을 만지작거립니다

당신이 떠날 때
당신 얼굴과 이름이 떠올랐지만
나는 문턱을 넘지 못하고 배웅합니다

모르게 잊고 살다
어느 하루는
당신이 생각나 가만 잠이 듭니다

창으로 감자를 보았소

흙을 씻어 낸
태양 몇 알 삶소

왕관의 싹은 될성부른 떡잎이라는
그릇된 해석을 자르오

내장을 찢고 올라온 푸른 독소
무엇이든 박기 좋은 치아를 가졌소

끈적한 즙이 송연하오
곧 노란 레퀴엠이 들려올 거요

생은 난처한 이름의 연속이니
부디 떨어질 때까지 푹 썩으시오

큰 소리에서 나는 작은 소리
작은 소리에서 나는 큰 소리
이제 노래도 흙처럼 푸석하오

낡은 신발은 하루치의 삶

둥근 율법의 오래된 가르침을 기억하라는 여정이오

떠나온 땅에서 멀어지니 외려 안식이오
예상치 못한 삶의
잘 삭여진 아홉 번째 가을이 순하오

나비, 저녁 숲으로 가다

저녁 산책을 했다
추웠고 음울한 詩월이었다
생생하게 내 곁을 스쳐 가는 나비
젖은 땅에서 오르는 푸르스름한 안개는 가시나무에
투명한 얼굴을 걸고 있었다

색을 거부한 숲은 싸늘하다

어둠은 나비의 피부
검은 수프를 마시고
저녁 숲을 하얗게 더듬더듬 먹어 치우는 나비

햇살이 사라진 숲에 리라 소리 살랑인다
새벽 별마저 심지를 꺼 버리고 나면
권태는 나비의 혈관을 얼어붙게 하지

온기가 필요해
장전된 기억을 날려 줘

날개를 접은 나비들 무반주 합창을 하며

저녁 숲에 목을 걸고 있었다

마치 물방울인 듯
투명한 얼굴을 걸고 있다

역주행

치매 전조를 보이는 아버지는 점심마저 거르고 누우셨다
불린 쌀을 끓여 짓이겨 체에 걸렀다
종유석빛 밥물이 뚝뚝 떨어졌다
한 숟가락 떠서 드리자 틀니 어긋나는 소리 뒤로 넘기셨다

구할 수 없는 기도를 뒤로하고
지하철 에스컬레이터에 올랐다
걸어도 걸어도 계단의 세계는 확장되었다

아버지는 저녁을 드셨을까
새벽 내내 아버지는 화장실을 서너 번 들락거리셨다
주춤거리는 발걸음과 가래 섞인 숨소리가 입 벌린 문틈으
로 들려왔다

한 손에 창을 들고 짐승을 쫓던 아버지는 어디 가셨나
한 동굴의 족장은 이대로 막을 내리는가

나를 지나친 사람들이 저만치 내려가고 있는데 나는 여전
히 그 자리다
올라가는 사람 내려가는 사람들이 나를 쳐다보았다

나 혼자 거꾸로 계단을 오르고 있었다

등줄기를 타고 흐르던 땀이 한순간에 눈초리가 되어 싸
늘했다
아버지의 동굴에서 멀리 빠져나와 허둥거리다 실족했다
언제부터인가 방향을 찾는 일이 간단하지 않다

단팥죽과 국화차

식사 후
그는 단팥죽을 먹고
나는 국화차를 마셨다

나이를 먹는 건 잔인한 일이라며
물에 핀 국화를 사진으로 남겼다

낮에 먹은 팥죽이 벽사로 작용할 것이므로
우리의 오늘 밤은 안전할 것이다

다분히 뜨겁고
복잡하게 열 오른 극지의 평온

앙코르와트의
괴물 같은 뿌리들이 가랑이를 파고들었다

우리의 장소
우리의 경험
우리의 무장소성

\>

거짓이 거짓을 낳는 불임의 사랑

빛의 움직임 뒤로
표면에 드러나지 않은 침묵들은
밤에 더 용감하다

튤립의 언어

빈 마당 같은 정오였다 뜨거움을 가장한 얼굴을 허공, 면, 튤립이라 부른다 붉게 얼어 실감 나지 않는 한여름에 내리는 눈, 가는 목 허공에 걸치며 사는 이유 몇 개 떠올리며 붉은

마을 회관에 간 그녀가 돌아올 시간이다 유모차를 운전하는 몸이 기우뚱거릴 때 발은 난간 위를 걷는 듯하다 그녀 입술에 숨은 말 나는 알아듣지 못하고 허공, 면, 튤립이 먼저 마중을 간다

여름 해가 진다 볼 이쁜 그녀부터 주름까지 그녀를 닮은 무수한 자물쇠가 잠긴다 그녀는 흙의 여자 차가운 것은 차가워서 뜨거운 것은 뜨거워서 죽어 나갔다

저녁상을 물리자 그녀가 틀니를 물그릇에 담는다. 입을 가리며 웃던 손이 이제 식사 중에도 틀니를 뺐다 본론보다 서론이 긴 숭늉 같은 말을 처음 듣는 말처럼 나는 응응 시늉했다

그녀 곁에 없어도 내 몸에 장착된 그녀는 나를 발사했

다 천지 사방에서 날아오는 장전된 그녀 그녀에게 가는 길은 좁고 깊어 물고기가 빠져나가듯 부드럽게 유영을 해야 한다 어느 어종인지 모르겠으나 생각은 허공, 먼, 튤립으로 낭자했다

꽃을 새기다

칼을 쓰는 하루는 무사히 지나지 않아도 좋다

꽃을 조각했다
신전의 텍스트는 키스
6초의 시선
허벅지 한 쌍을 전각篆刻했다
아이 우는 소리에 꽃 모가지 진다
소리 내지 않고
달아나지 않고
흘러내리는 분홍 알레고리아

달

고대 벽화에서 막 빠져나온 듯
달의 눈이 붉었다

달은 극악해
마음에 걸리지 않는 말이 있다

하늘을 나는 달이 있다
포복의 자세로
곡선을 그리며 활강한다, 뱀처럼

주문을 몇천 번 외우면 파란 허공을 감쪽같이 속일 수 있나

달이 차오른다
한 달
두 달
나비에 홀려 전장을 헤매다 스러져 간 아픈 영혼처럼

저 달이 지면
당신과
나
다시는 차오르지 말자

섬망의 바다

온몸으로 코를 골며 자던 엄마가
느닷없이 옷을 훌훌 벗어 던졌다

불났다 선산에 불났어
어서 가 봐라

건넛방이랑 마루에
조상님도 오셨다
느 언니도 와 있다
어서 가 봐라

이제 꿈속에서
꽃이나 보실 일이지
아직도 아기 언니를 끌어오시네

굽은 등을 안아 누이는데
눈주름 고랑에 물기가 설핏하다

선산에 불이 난 봄날 저녁
예닐곱의 나는 거기 있었다

청솔가지로 미친 듯
불을 끄는 젊은 엄마도 있었다

쌀도 땔감도 없는
텅 빈 부엌 같은
슬픔은 따듯해서
엄마는 가끔 불을 불러 오시네

말없이 기울어 가는 달의 표상들
산그늘을 이불 삼아
섬망의 바다로 출렁이는 한 생이 있네

터널의 눈물

프렌즈 팝Friends Pop* 게임에 매달리는 하루가 있다
부서지는 큐브를 보면서 그녀를 생각했다

검은 안경테 뒤로 머리를 넘기며
그녀가 내 우산 속으로 뛰어들었을 때
팔에서 느껴지는 옷 부피가 제법 두꺼웠다

뜯긴 아랫입술이 붉었고
마르지 않은 옷 냄새가 났다

눌러쓴 모자로 얼굴을 가리고
여드름을 감춘
진한 화장이 어려 보였다
표정 없는 볼 시선은 단단해 보였다

두 입술에 물음표가 송송 맺혔다
그대로 걸었다

비 맞는 여자아이와
비를 뚫고 하늘로 올라가는 우산과

긴 손톱을 가진 얼굴 없는 사진을 보았다

그녀가 궁금하면서
궁금하지 않은 이유를 외면했다

우산을 접으면 그녀가 큐브처럼 부서져 내렸다
그대로 걸었다

• 프렌즈 팝Friends Pop: 카카오 게임.

물방울 318호

비가 그쳤다

물방울 하나
물방울 두울
물방울 세엣

물방울을 외웠다 구구단처럼
같은 이름의 물방울은 없었다
투명성은 물방울의 위장이라는데

물방울과 물방울이 모여 만든 방에
분홍 손톱을 가진 아가들이 달걀처럼 모여 있다

맺힌 물방울이 아닌 그 직전의 물방울
수명이 있을까 물방울 있다 한들
가늠할 수 없는 세계는 뭉클해서 다시 가늠하고

부서지고 사라지는 말랑한 틈새로
말갈기 휘날리며 물을 건너듯 오세요

\>
사는 일이 쓸쓸해서
옆구리에 매달리는 저들의 고백은 젖어 들지 않는구나

어느 극지의 문장가는 그해 봄을 움켜쥐고 갔다는데
죽은 자리에 물방울이 핀다는 전설이 있다는데
당신은 누구의 문장입니까

폐기된 어느 저녁

꽃이 온다
저녁이 와도 우리는 흩어져 있었다

식탁에는 아무것도 없고
없는 것보다 많은 식탁보 레이스는
낡은 자세로 공기 방울처럼 가볍게 흔들렸다

거실의 사물들이 표정 없이 어두워져 간다
사료를 씹는 고양이 소리가 부럼 깨는 소리 같아
의식을 치르듯 무릎을 꿇었다

익명의 첫 문자를 칼질하며
어디로 튈까 망설이는 기울어진 5시

바람이 베란다 창문을 흔들고
깨진 화분 조각 흙 속에 고양이 발톱이 찍혀 있다
지문을 남기는 도발적 메시지를 해독하지 않았다

도화선 같은 불빛이 거리에 흐르면
집들은 대개 비슷하게 행복하거나 조금씩 다르게 불행하다

>
우유 · 마우스 · 밥공기
강남역 10번 출구는 같은 맥락이다
치아를 닮은 사탕을 사면서 꿈이 없기를 바랐다

담장 너머 백일홍은 오늘도 답장이 없다

빈집

빈집에 들어섰을 때
방 안에 누군가 있는 것 같을 때
등을 기대고 있는 소파가 생경해서
휴대전화를 만지작거릴 때
방 안에서 계속 두런거리는 소리가 들릴 때
숨소리가 엇박자로 들릴 때
주방 벽에서 물 흐르는 소리가 멈추지 않을 때
개구리 우는 소리인가 싶어
창문을 열었을 때
문밖 잎 진 은행나무와 달을 볼 때
곤한 잠에 든 엄마의 손사래가
유리창에 부딪힌 나비처럼 파닥거릴 때
엄마 요강을 부시면서
부식되어 허물어지는 목숨이 느껴질 때
암모니아의 격렬한 고요가 고독으로 밀려들 때
엄마가 가슴팍까지 들어찬다

제2부

동짓날

동짓날 팥죽을 먹는데
전깃줄 가득
검은 사이렌의 노래가 들렸다

분쇄기에 우울을 넣었다
버튼을 눌렀다
검은 물이 춤을 춘다

죽어도 죽을 줄 모르는
형상도 없이
피어나는 것들

나는 팥죽을 먹으며
가만 저항해 보는 것이다

하루 종일 밥을 지었다

엄마는 약을 드시고 계속 잠만 잤다
가끔 머리를 흔들며 소리를 지르기도 했다

악몽을 꾸는 것은 살아 있는 증거라고 말할 수 없었다

자작나무 뼈처럼 창백한 몸에
하루에도 옷을 몇 차례 갈아입히고

고집스럽게 기저귀를 거부해서
바지를 내리는 순간 지린 꽃 피었다

목욕을 시키고
언제 닥칠지 모르는 전투에
완전 복장을 입혔다

시공간을 잊고
사람을 잊고
자신의 정체성까지 잊고
광야에서 홀로 마주한 세상 끝의 얼굴

＞
엄마에게 출구 전략이 있을까
어느 문을 나서고 있는지
비 내리고 춥다

낡은 문갑 위에
이름 모를 분홍 조화
말 없는 꽃은 이쁘다

한 방에 이불을 펴고 눕는다
이불을 덮어 주며 토닥거려 주던 손길이 없다

엄마
내일은 진달래밥 지어 드릴게요

물새의 시간

조가비를 가지고 노는 아이를 물새라 부른다
아이는 물새를 모른다

아이는 점점 입술이 뾰족해지는데
아이는 물새를 닮아 가는 것을 모른다

아이는 물새의 발자국을 따라 춤을 추지만
물새가 어디 사는지 궁금해하지 않았다

물새가 아이에게
아이가 물새에게

강 너머에는 물새가 있고
기슭에는 아이가 살고

남기고
사라지고
밀려왔다
밀려가고

>
기슭에 사는 사람들은
그들에 대해 말이 없다

다락방의 여자들 2

간혹 죽은 개 울음이 들려요 식욕을 떨어트리기에는 그만이에요 다락방 나무 계단 일곱 개를 내려가면 아빠가 목침을 베고 누워 있어요 아빠는 싱싱한 시간을 아삭아삭 더디고 맛나게 먹어 치웠죠 매일 식욕이 없다며 엄마의 머리카락을 한 움큼씩 뽑아 먹어요 앙상한 엄마의 몸에서 머리카락은 윤기 나게 쑥쑥 자랐어요 온몸의 골수가 머리로 가나 봐요 보름달이 뜨면 아빠의 식욕은 더했어요 새우 눈을 뜨고 웅크린 엄마 등을 짓밟았어요 늙은 개는 마루에 올라 달 보고 짖었어요 소리에 예민해진 것은 아마도 옆집 암캐 탓일 거예요 어느 날 마당에도 작은 꽃밭에도 엄마가 보이지 않았어요 엄마가 보고 싶어 하늘을 보면 아빠의 억센 손과 큰 장화가 떠올라 엄마가 집으로 돌아오지 않기를 바랐어요 아무 일도 일어나지 않는 날은 사금파리로 이파리만 그렸어요 이파리를 수십 장 그리고 나면 보고픔이 뭉개졌어요 꽃 없는 이파리는 짙푸르러서 오래 바라보지 못했어요 가을이 되어도 엄마는 오지 않았고 대추나무에 노란 꽃이 피었어요 엄마의 노란 한복 같아서 보고 있으면, 아빠는 문이 부서질 정도로 세게 닫았어요 밤이면 대숲에서 우우 댓잎이 울고 낮에 본 뱀이 문틈으로 들어오는 꿈을 꾸었어요 뒤란에 솥을 걸치고 아빠는 수제비를 끓였어요 물이 끓고 치댄

밀가루가 다 익을 때까지 엄마에 대한 욕도 끓어넘쳤어요 그해 가을 우물에서 쇳물이 흘러넘쳤어요 라디오에서 뽕짝이 흐르고 아빠는 목침에 누워 오른쪽 다리를 왼 무릎에 걸치고 흔들었어요 목 때 타서 번들번들한 아빠의 목침을 보고 있으면 속이 울렁거렸어요 아직도 나는 다락방에 있어요

보여지는 것이다

한쪽 무릎을 세우고
해야 할 이야기를 동그랗게 말아 놓고 있다
부엌은 어둡고 창문은 닫혀 있다
그녀를 비껴간 기억들이 돌아와 그녀를 빗질했다

상대를 무시하는 설법이 길어졌다 짧아지기를 반복하였다
이해할 수 없는 새소리를 냈다
삶은 죽음 가까이 놓였을 때 비상한다

하루살이가 찾아들었다
차가운 계단에 앉아 먼 산 바라보며
쓸모없는 연장이라며 이제 가고 싶다고
마른 입술을 달싹였다

그녀에게 최근에 무슨 일이 있었는지 물었다
시커먼 개 떼가 대문 안으로 쳐들어오는디
무서워서 정신없이 방 안으로 도망쳤당게

마지막 말을 쏟아 낸 후
회색 동공이 꺼지며 어깨를 움츠렸다

허공을 내젓는 손을 가만 잡아 주었다

심사하러 온 복지사 직원은 그녀에게 치매가 온 것 같다고 말했다

감꽃이 피려는지 이파리가 팽팽했다

나의 모든 마틸드[*]

당신과 마주하는 시간입니다 마틸드

목걸이가 술렁이기 시작합니다
주름 장식 드레스를 입은 수많은 마틸드가 있군요

파티에서
마틸드는 가짜였을까요
목걸이를 빌려준 포레스터 부인은 가짜였을까요
목걸이값을 벌기 위해 허비한 10년의 마틸드는 진짜였
을까요
가짜는 마틸드뿐이었을까요

창문으로 당신이 보이지 않습니다
데이지꽃은 얼굴을 포기하고
흰 벽은 하루 종일 자신을 씻어 냅니다

오래된 앨범 속에서 마틸드를 발견합니다
이제 약발이 떨어져 웃지 않는군요
레이스는 허언증처럼 시끄럽습니다

>
마법이 풀리기 전
낡은 외투는 버리고
미친 듯이 뛰어나와 다시 목걸이를 잃어버립니다
이런 긍정적인 비평 사례는 없습니다

어느 장소를 가면 약속이 있습니다
나의 모든 마틸드에게
좋아요를 눌렀습니다

* 마틸드: 모파상의 단편소설『목걸이』여주인공.

레몬시티

출전하는 장갑차처럼 부음이 날아들었다
잡히지 않는 수신이 죽음에 걸렸다

도시의 가로등은 종말의 징후
허무와 낭만의 순을 틔우고

21세기 레몬시티
그럼에도 불구하고 사귀고 싶은

어두운 시간을 건넜을 그의 아침은 흰 빛이겠다
내 아침은 구름이 잔뜩 몰려와 있는데
저 빛의 형상을 어떻게 영접해야 하나

이별을 봇짐처럼 짊어지고
그가 길을 떠나고 있다
마지막은 편안한 표정이었다고
부질없는 믿음은 소나기 같아서 믿지 않기로

그날 그곳의 목소리
지금 동쪽 하늘에 붉은색으로 떠 있는 별이 화성이야

남쪽 하늘엔 목성과 그 왼쪽에 토성도 보여

　하현달이 수북한 울음을 저벅저벅 헤치며 붉은 화성으
로 간다
　제 방에 갇힌 불안한 레몬시티
　추위 속에서 한참을 울다 갔다

폭염 속에서 우리는 야채 쌈을 만들어 먹었다

목백일홍이 수다를 떤다면 꽃잎이 많은 한여름일 것이
다. 우리는 거실 그림자에 눈을 주며 당근 피망 오이 게살
숙주 아보카도를 손질했다. 일손을 맞추려고 서로를 곁눈
질하며 가벼운 대화를 이어 갔다. 타원형의 초록색 과일을
반으로 자른 후 씨에 칼을 박아 제거하는 그녀의 손이 웃고
있다. 가끔 칼질을 하면서 누군가를 겨냥하며 욕을 뱉어 낼
때 폭염도 끌끌끌 여우 웃음소리를 내는 듯했다. 여우 웃음
소리는 사람을 홀린다지. 나이 든 여자나 젊은 여자나 낮은
소리로 끌끌끌 웃을 때, 그녀는 그렇게 말하곤 했다. 그녀
가 하는 욕은 과즙처럼 입안에서 팡팡 터졌다. 가끔 그녀의
욕이 기다려지는 이유이다. 그녀는 말수가 적고 움직임은
동물적이다. 직각 쟁반에 주황 노랑 초록 하양 야채가 정갈
하게 놓여 있다. 그녀가 만들어 준 아침 주스가 아직 위에
머물러 있다. 커피를 내려 주고 가까운 마트에 다녀온 그녀
가 물소리를 내기 시작한 하루다. 그녀의 집 현관 앞에 오
래된 목백일홍이 있다 그녀는 현관문을 열 때마다 간지럼을
잊지 않았다. 목백일홍 매끈한 잔근육이 부르르 떨었다. 애
봐라 허리 비트는 거 좀 봐. 끌끌끌 수천의 꽃송이가 휘파
람을 보내왔다. 긴 여름 막막한 모서리에서 그녀는 움츠리
며 울었다. 소리 없이 울었다. 라이스페이퍼를 뜨거운 물에

적셔 흰 접시에 펼쳐 놓고 야채 쌈을 돌돌 말면서 이렇게 이
뺐으면 좋겠어 감히 손대지 못할 정도로 그녀는 말했다. 이
렇게 맛났으면 좋겠어 감히 손대지 못할 정도로. 한여름 목
백일홍 서러운 서사를 그녀는 야무지게 말아 쌈 싸 먹었다

사과 연대기

하나의 애플
애플이 제시한 수천 장의 흰 꽃잎

땅이 사과를
사과가 땅을
무럭무럭 끌어당겼다

둥그렇게 부풀어 오르는
우아한 애플 엄마 파격적인 애플 할머니 합리적인 애플
고조할머니
애플은 불화와 전쟁과 지혜라는 성분을 농축시킨 원죄

논리가 껍질에 닿을 때까지
방어 기지에 구멍이 생겨 더 이상 긁을 수 없을 때
애플 로고를 닮은
홀쭉 꺼진 볼

역사를 기록하는
둥글고 예쁜 저 붉은 기호들

>

떠나는 눈길을 보면 액운이 들어오므로

애플은 뒤돌아보지 않는다

그림 속 매화

그림 속 매화*에 눈 내리네
화병 속 매화 한 송이
익어 가는 봄 가득하여
흰 빛에 그 이름 쓰네

춘설 내리고 마음 소란스러웠네
멀리 눈발을 뚫고 벗이 오기를

가고 오는 이 없어
마음속으로 지는 부드러운 말

더러는 그림 속 매화가 지고
눈이 지기를 기다렸네

작은 꽃 아래
고목 사이에서 익어 가던
봄은 짧았네

늙은 몸
한철 나들이

마음 다 내어 주고

눈을 잃고 매화를 얻을까
눈 위에 발자국 지우고
스스로 기다림을 보네

설핏
눈발을 뚫고 오는 벗이
있기를 바라네

* 조희룡(1789-1866), 〈매화서옥도梅花書屋圖〉.

국화 지다

불혹의 그가
소년처럼
국화 무리 속에 환하다

먼저 간 이름을 나직이 불렀다
한마디
물결치듯 선연했다

이름을 부르면 다시 올 사람
이름을 불러도 다시 오지 않을 사람

찬밥을 물에 말아
새우젓 얹어 후루룩 넘기고
싱건지 국물 한 수저 후루룩 넘기고

먹는 일이 되다
되는 일 없이 되다

간격 없는 우울은 국화처럼 촘촘했다
꽃 진다

익명의 편지처럼

나의 모든 혁명은
시를 데려오지 못했다

6기 인공 동굴
—군산시 미룡동 군산대 공과대학 뒤편

1950년 9월 27일 전북 군산시 미면 마을
우리는 한밤중에
우리 아닌 우리에 들었다

동네 주민끼리 밤낮으로 의심은 높아지는데
어둠의 감시를 받는 아침은 더 푸르게 찾아왔다

몽둥이와 죽창 대검은
어느 일가의 손에서 찬란했으며
동네 주민 120여 명의 목숨은
어둠을 붉게 그었다

이 낡은 세계를 수천 번 읽는다
어둠의 감시를 받는 우리는

지옥의 악마들이 잃어버린 암호는
건장한 남자 여자 임산부 어린아이

이곳은 온갖 뿌리의 기도가 무성한 대지
죽음과 영생의 눈 밝은 별이 오르다 떨어지고

그들의 비행은 우리를 비행하게 했다

2023년 6기 인공 동굴의 흰나비 떼들을 찾는
굴삭기와 망치와 철조망의 레퀴엠
녹슨 위에 녹턴이 흐른다

일제강점기와 6 · 25 전쟁이 생산한
홀로코스트 6기 동굴

명아주꽃 핀다
내 고향에서 나는 아직 어린아이
내 곁을 지나가는 모든 것은 그대로일 뿐

이별하는 호모 사케르

낙화의 담론입니다

화단이 어두워져도 나는 어조를 바꾸지 않습니다
이 페이지에서 당신은 불길합니다

우리는 외떡잎 문제적 식물
씹는 맛이 좋아 창을 열고 서로를 검색합니다

11월은
뒤돌아보지 않습니다
귀엣말도 없습니다
결정적인 한 방을 날리는 이름값입니다

족제비 붓에 먹물이 스밉니다
수도사가 씹어 삼킨 종이입니다
거짓은 아라비아 무늬 같아서 겉이 그럴듯합니다

내 말은 망가지고 부서지고 비정상적입니다
말이 말을 따르지 않는 날들입니다
데려올 방법이 있을까요

>

감정 기복이 심한 부실한 레시피입니다
가늠하는 스핑크스처럼 묻습니다
나는 당신의 쓸쓸한 메뉴입니까

결절이라는 먼

책장 사이에 미끼가 있다

턱을 괴고 수심에 잠겨 아무것도 할 수 없을 때 책장은 바다를 항해하는 배가 되었다 허기진 물고기를 낚아채고 김이 모락모락 나는 고봉밥 활자가 배수진을 쳤다 좌판에 쏟아져 나온 활자가 쌓일수록 비대해지는 결절, 활자는 결핍의 변종이었다.

까맣다와 파랗다를 연속으로 발음하다가 피를 보았다 Blood 파일을 찾으려는데 계속 책갈피가 나왔다 죽음의 목록은 해킹당한 블로그 캄캄한 화면이다 면면이 분명해지면서 나는 날이 되었다 무엇이든 잘라야 했다

톱니를 닮은 잎사귀를 씹었다 설정은 만찬이었지만 우리의 시절은 SNS가 말해주었다 저녁에 부르는 태양의 노래는 자비로웠다 무게를 견딘 결절이 어둠 속 부엉이로 날았다

먼 바다 먼 불빛 보이지 않아 먼, 겹으로 늘어나는 먼, 멀수록 약이 된다는 먼으로 점점 멀어졌다

제3부

무화과나무에 이름을 지어 주었다

새 한 마리 무화과 아래로 날고 기차 아래로 구름이 흐른다
우리끼리 떠나자며
모르는 것들에게 이름을 지어 주었다
일요일 밤은 무화과나무에 달을 달아 주었다

며칠 내리는 비에 무화과 살이 찢어졌다
꽃 없으면 열매도 없나니

몸을 잃고 몸의 정치를 시작했다
볼품없는 몸의 서사는 추상과 가정의 경계에서 뒤틀렸다
한 사람의 온도를 둘로 나누었다 여전히 한 사람의 온도다

무화과가 힐을 신고 전라인 채 허공에 떠 있다
누드로 쏟아지는 관음은 해석이 무의미하다
한쪽 다리를 잃은 안개가 팔을 내어 준다
재미없는 마을을 지나갔다

새를 만나다

새 울음이 들려와 빨래를 널었습니다
펄럭이는 자락이 작은 깃 같아서
가만 귀를 기울였습니다

다시 볼 수 없는 대상은 다정합니다
적당히 마른 야생의 문장은
빨래사람짓을 합니다

새에게 안녕 하고 인사를 한 날은 불안하고 두려웠습니다
안녕이란 단어를 싫어하는 감정이 습관을 이기지 못했
습니다
안녕에게 정복당하고
안녕에게 정보를 얻는 시간입니다

새의 이니셜은 고독합니다
나는 빨래를 걷어
무생물에 감정을 더할 것입니다

빨래의 오른뺨에 대한 해석이 필요합니다
추운 겨울을

한 줄로 깎아 먹었습니다

동이 터 옵니다
새하얀 눈발 같은 노래가 쏟아집니다
며칠 빨래를 하지 않을 것입니다

거미

은유를 선호하는 입은
가늘고 뒤틀린 왜상歪像을 노래했다

보이지 않는다는 것은 거짓말
눈을 감아도 보였다

입으로 만든 집은
애수의 기질로 끈끈했다
빈 천장 사이로 축축한 흙냄새가 올라왔다

자신을 위반하며 부서지는 나는
사라졌다 깔끔하게

나는 오래된 반달
나의 세계에 걸려든 반쪽들

나는 아흔아홉 칸의 커다란 거울을 가졌다
거울의 왼쪽 문을 열면 드문드문 새겨져 있는 새 발자국들
물기 서린 아침 공기를 마시고 날아가 버렸다

\>

나는 승인되지 않은 줄꾼
검은 나비 팔랑이는 폐광촌
들고양이 들락거리는 버려진 마차에서
오랫동안 거처하고 오랫동안 쇠락했다

오늘은 미완성을 폐기하고
튤립도 국화도 아닌 감자를 위해
위태로운 세계에 뒤집어진 잔 다르크로 매달렸다

요강 피다

티브이를 보는 엄마 뒷모습을 물끄러미 바라본다

구석으로 몰려 있는 짧은 곱슬머리
시간을 견딘 색바랜 벽지
파리똥이 앉은 형광등이 이러한 것들을 환히 비추고 있다

조심스럽게 요강을 받쳐 들고 수돗가로 나왔다
달팽이 한 마리
느리게 배추 포기 위로 올라와
냄새의 방향으로 작은 더듬이를 세우고 잎을 뜯어 먹는다

볕 잘 드는 수돗가에
뚜껑을 따로 말렸다

엄마가 좋아하는
국화 한 송이 꺾어
슬그머니 요강에 넣어 방에 들였다

이불이 들려주는 이야기가 시작되고
감긴 눈이 졸린 음성으로 떨어진다

\>

바스락거리는 어둠 속
졸졸 떨어지는 오줌 소리
은색 요강이 서둘러 반짝인다

보조등에 비치는
엄마의 수줍은 미소가 잠결에 스친다

표변豹變

허물을 벗지 않는 사물은 파멸한다

고삐를 늦추는 일식의 밤
정월 냉기 속
짐승의 몸에 촘촘하게 매화 피었다
꽃이 되어 가는 표피가 총구처럼 뜨겁다

가을 햇살을 받으며 눈부시게 피어나는 무늬들
고서를 넘기는
노교수의 손처럼 날렵하고 부드럽다

태어나 죽는 날까지 입을 한 벌의 슈트
심장을 향한 한 발의 탄알 같아
첫눈에 반해 세속적인 이름으로 곁에 있고 싶은

붉은 야자나무에 달이 걸렸다

몸이 몸을 위로하는 일은 슬프다
꽃들이 색으로 이야기할 때 소리 하나 없는 것처럼
목을 따는 순간 공기조차 잠시 숨을 멈추는 것처럼

>
리듬을 모르면서 리듬을 탄다
허물을 벗는 족속의 이야기에 귀 기울이며
외설적 무늬 아래
다족류 벌레가 천천히 기어 가고 있다

우주 정원

입구 왼쪽에 라일락이 있다
이곳은 연옥 중간 문

우는 아이 머리카락이 얼굴에 붙었다
할머니는 기다리고 있었다는 듯
연신 아이 얼굴을 쓸어 주었다

할머니가 풀어내는 비닐봉지 속 실은 줄지를 않고
햇빛에 반사되는 먼지가 꼬리를 흔들었다

봄의 태동은 룬문자*로 시작하지
마법에 걸린 꽃과 새와 나무는 발긋
그들의 자리마다 식물성 차가움이 피어나지

우주 공원 휘장을 걷으면
핏빛 작은 발가락이 꿈틀거리지

한통속으로 나부끼는 연초록 심장은 혁명을 알리지
무한을 알리는 유한의 운명은 갇히는 것에 있지

>
봄꽃 나무는 불안하고
비 내리는 어느 하루는 꽃술을 열게 하지

나무가 오는 시간은 검은 새가 날았지
비닐봉지 속 실은 인생 막장처럼 좀처럼 줄지 않았지
스테로이드를 맞은 우주 공원의 관절들이 거짓처럼 환했지

* 룬문자: 게르만족이 1세기경부터 쓰던 음소문자. 돌, 나무, 뼈, 금속 등에 기록.

국경

국경을 넘자
빛 속에서 비가 내렸다
산 아래
경계를 두고 두 나라가 공존하는 것처럼
한 눈길에도 사람이 나뉘어 산다

짧은 오줌발 같은 소낙비가 버스 창을 난타했다
이정표의 낯선 발음에서 쪽빛 소리도 빗물에 튀었다

생의 국경을 넘은 구달* 노인은 안락사하는 순간에 〈환희
의 송가〉**를 들었다
실러의 시가 침대 가득 박꽃처럼 피어났을 것이다
가을비처럼 찬 애도 방식을 환희로 돌린 구달의 준비된
만찬을 소리로 먹었다

흰 빨래가 졸고 있는 마당에 아이가 앉아 있다
사이프러스를 따라온 뾰족 그림자가 비스듬히 아이 쪽
으로 기울었다
봉합선 없는 천을 휘어 감고 저물어 가는 저녁
반점 입은 나뭇잎이 붉었다

강을 바라보는 방법

물살이 부챗살로 접혀 흐르는 강둑을 걸었다
부추꽃을 닮은 작은 흰나비 가볍게 눈썹 위로 지나갔다
나무 빛깔과 바람의 온도에 어울리지 않는 나비였다

당신 대신 울고 있는 가을 강을 보고 있다
외로워서 죽은 강물이 있다는 소문이 떠돌았다
죽어서도
당신은 강물의 연인으로 남았다

죽음은 강으로부터 온다
강을 바라보는 방법 중 하나는
마음을 바꾸는 일
얼어붙은 심장을 끌어안는 일

물이 물을 안고 흐르고
강이 나비의 형상을 이룰 때
11월 강은 무심해서 건너기 좋은 계절이라고 당신은 말했다

재료들

　우리는 식물성이다 적정 온도까지 기다려야 먹을 수 있
다 당신을 벗길 때 살갗에 묻어나는 연한 끈적임 지문은 홀
로 따라온다 실온과 냉온으로 번져 오는 감정선에 조미료를
섞지 않는다 당신을 열어 부드럽고 매끄러운 실루엣을 따라
시식하는 일은 긴장이 따른다 부위를 익히는 일은 뭉근하고
뜨겁다 카멜레온처럼 변하는 재료에 눈길이 간다 빛을 차단
하고 우리에게 어울리는 어둠을 제멋대로 요리한다 가면에
숨어 있는 다양한 색을 즐길 수 있도록 커튼을 닫는다 껍질
의 유통기한을 짐작하는 일은 서글프다 동물이 식물에게 먹
히는 사슬도 있는 법이니까 공식으로 남은 진술은 재료의
몫으로 남겨 둔다 눈물이 날 정도로 맛있어서

목차

성탄 선물을 뜯은 아이가
마음에 드는 것을 골라 먹는다
맛에 대한 고민은 처음부터 없었다

당근 케이크를 얼굴에 칠한 아이가
굴뚝으로 들어간다
굴뚝으로 들어간 아이는 입구를 기억하지 않는다

굴뚝 위를 올려본다
기웃거리다 사라지는 비슷하게 생긴 눈송이들

자정 무렵
난로 옆
카펫 당근이 주문처럼 말을 건다

초록은 채찍
당근은 당근
아이는 색色이 무서워 의미를 묻지 않는다

누군가 눈이 내린다고 말해도

별이 아닐까라고 말하는
목차 없는
아이의 겨울 이야기

성탄 다음 날 아이들은 무엇을 할까

편지

꽃들의 숨소리가 잦아들면 저들은 더 이상 하늘을 보지
않습니다
  잠시 보폭을 느리게 하며 땅으로 가는 시간입니다

  아가의 옹알거림은 젖내 나는 부드러운 주파수입니다
  믿음은 수치보다 감정이 우선이라고 사각사각 연필은 전
해 줍니다
  모든 생각을 사물의 외곽으로 옮기고 K지구에 있는 애인
에게 편지를 씁니다

  보고 싶소 몸의 위치가 까마득하오 약속은 없소 마음을
따라갈 뿐이오 흑연 향을 따라나선 길이오 불행하시오 그
래야 우린 만날 수 있소 하늘도 귀신도 함부로 못하는 것
이 정이오

  불안하면 무엇이라도 씁니다 'ㅂ'을 쓰고 나서 'ㅏ'를 넣을
까 'ㅗ'를 넣을까 턱을 굅니다 누군가에게 들킨 듯하여 가만
공책을 덮습니다 먼 기러기 발자국을 세며 간서치*가 되어
계절을 날까 합니다

* 간서치: 책만 읽어서 세상 물정에 어두운 사람을 비유적으로 이르는 말.

검은 호리병에 담긴 모란

스며든 빛이
검은 호리병의 선을 뭉그러트렸다
사라진 선을 낱장으로 읽었다

오방을 떠돌다 온 바람이
모란으로 담겼다

봄빛 한 폭 베어 와
그늘을 나누는 저들의 필법을
나는 오랫동안 훔치며
서성일 것 같다

아기 염소

어둑한 눈발 속으로 소년이 나타났다
쇠 말뚝에 목줄 매인 아기 염소
짧은 꼬리를 흔들며 소년에게 달려간다
소년이 아기 염소의 머리를 쓰다듬어 주려 하자
아기 염소 잽싸게 쇠 말뚝 자리로 돌아간다

둑방 길로 오는 동안
소년은 아기 염소 울음에 귀 기울이고
아기 염소는 쏟아지는 눈발 속에서 소년을 기다리고

눈발은 거세지는데 소년은 움직일 줄 모른다
아기 염소 가는 울음 길게 두 번 울고
소년 쪽을 기웃거린다

시든 고마리 눈에 덮이고
미나리꽝은 살포시 얼음을 입고

소년은 아기 염소 목줄을 가만 움켜쥔다
아기 염소 젖은 풀 해찰하다

높은 굽 타달거리며 소년을 쫓아간다
눈발은 아득히 그칠 줄 모르고

수유리

언덕 끝에 점집이 있었다
쉰 초입의 여자는 도톰한 입술로 손님을 맞았다

여자 스웨터를 보면서
미로를 들어갈 때
실로 쓰면 좋겠다는 생각을 했다

가는 햇살 받으며 돌계단을 오르면서
세간살이가 보이는 집들을 지날 때
바짝 엎드린 민들레가 환했다

짙은 마스카라 속 눈동자가 내 심부를 훑더니
밥상에 쌀을 던졌다

봄꽃이 피기도 전에 급사했어
여기서 죽으나 저기서 죽으나
헛것이야
물이 빠져 주름이 되어 가고 있어

핏줄 터진 눈에서 서둘러 빠져나왔다

초라한 풍경이 유서 깊을 수 있다면
잠시 떠돌아도 좋을 듯한데

죽어 가는 사람의 등 같은
생이 서둘러 빠져나간다

물기 오른 것들이 솟아올라 빛나는 계절
부정할 구름이 없다

제4부

마리아 뭉크

5㎜ 권총으로 마리아 뭉크*가 목숨을 끊었다
그녀는 행복하지 않은 사랑을 사살했다
20세기 죽음이 오스트리아 빈을 넘어 내 목줄을 겨냥한다

클림트가 그린 그녀의 초상화를 보았다
분홍이 도드라진 꽃들에 둘러싸인 목 언저리와 벌려진 입술
거친 터치는 하고 싶은 말로 꿈틀거렸다

육체를 지나갈 준비가 되어 있지 않은 젊은 혀는
웃고 춤추며 비틀거렸다

죽도록 사랑한 죽음
불길한 꿈들이 머리칼 한 올 한 올에 스며 있다

화려한 색감을 걷어 내면 맨살의 분노가
다시 올 수 없는
각각의 운명 앞에서 조문하고 있다

* 알렉산더 뭉크Alexander Munk는 구스타프 클림트Gustav Klimt의 후
  원자이며 마리아 뭉크Maria Munk는 그의 딸이다.

신발을 잃다

무딘 하루를
어느 방향으로도 벼르지 못했다
잃어버린 지도를 생각하는 날이 많아졌다
지도라는 발성에는 바람이 있다

내일은 신발 끈을 매고
바람 우는 소리를 들어 줘야 할 것 같은데
신발을 잃은 날이 기억나지 않았다

안개와 연기는 마약 같다
밤이 길어지는 시각
기별 없이 떠난 당신을
부드럽고 슬픈 사내라고 기록했다

말라비틀어진 옥수숫대를 건너
무리 지어 비틀대는 밤안개를 보면서
사라지고 흩어지는 것들에 대한
미련을 버리기로 했다

늦더위를 지르는 바람이

시가 되지 않는 자판기를 잠식했다
당신 이야기는 야위어 가고
낡은 신발에 대한 이야기는 부풀어 올랐다
신발에 대한 기억이 유독하다

벽

벽 밖은 시계 소리
벽 안은 적막해
등을 기대면
심장이 멈춘 시계 같아

벽은 삼인칭
그 혹은 그녀가 있는
사람들이 면벽을 하는 이유지

누가 벽을 죽였을까
난로가 식어 가고 있어
아빠가 와야 할 텐데

마지막 벽을 닫으면
최초의 소리가 열릴 거야
바람이 부는 날
등뼈가 연주하는 하프 소리를 들려줘

다른 방
다른 목소리

벽은 외면하고
신은 고독해

입춘

봄은 전쟁에서 돌아온 삽이다
날이 땅을 고르자
들썩이며 호흡하고 진동한다

운명에 흔들리지 않는
침묵의 태胎들

내리는 비로 뜨개질하는 저녁
3월에 떠나는 남자의 심장 박동 소리가
그물코에 걸려 서쪽으로 뿌리를 뻗는다

안개를 피워 올리고
마음을 파고
수작을 부리느라
지평선 너머 사라지는 줄도 모르고

아름다운 비극은
유예된 것들에게서 온다는
한 방울의 말씀이 종일 오시네

레이스 게임

검은 덩어리가 구름을 빠져나갔다

당신은 레이스에 관심을 보였고
나는 흙이 파이는 거센 빗줄기를 보았다

많은 프릴이 달린 원피스는 마녀를 닮았다
체지방을 두른 레이스가 무대를 장악한다
두께를 싫어하는 나는 레이스를 빠져나왔다

마녀가 볼살을 실룩거리며 시詩 레이스를 펼친다
시의 골수를 빨아 먹고 뱉어 내기를 반복했다
마녀는 동족이며 천적이다

마녀의 입술은 레이스
레이스의 종주국은 마녀의 입술

운이 좋으면
흰 줄무늬를 두른 파란 계절을 만나기도 했다
돌계단을 가볍게 벗어나지 못했다

토렴*

펄펄 끓어오르는 훈김

아 눈이 내리네

날리는 수천의 흰 활자
백지는 복사꽃처럼 다정하고
복사꽃은 웬일인지 이별도 잘한다

과골踝骨은 복사꽃이 진 뒤 보이는 삼천三穿
뜨거운 국물의 도전을 받아든 수천의 파지에서 당신을
보았다

봄은 가고
국물은 여전히 뜨겁고
시간의 기억은 빛처럼 가득한데

삼천갑자 동방삭은 우주를 짓고 허무는 맹랑한 이야기
복사꽃 기괴한 가지를 오래 기억하였다

허공으로 뻗어 나간 뿌리

하늘에 천천히 피 흘리며
콘크리트 겨울 네거리에 얼어붙었다

꽃이 지기를
늙은 여자의 가련한 종착역을 들었으니

매 순간
썩어 문드러져 나온 환한 결실들

복사꽃 사이에 당신이 하얗게 서 있다

* 토렴 : 밥이나 국수에 국물을 부었다 따랐다 해서 데우고 불리는 과정.

해변의 연가

그늘에게 몸을 맡기고 나는 흔들거렸다

바람이 들락거렸고
빛은 골목과 거리와 빨래 사이를 누볐다

카페 청년의 커피 뽑는 손놀림은 유연했다
라테와 카푸치노에 겹하트와 홑하트가 떠 있다
사랑은 어디로 가고 여기에 떠 있나

반들거리는 백일홍 꽃잎이 구부정한 오후의 허공을 바
짝 당기고 있다
훔쳐 간 습기는 어디에서 울고 있나
비둘기 울음이 구구구 어둠을 몰고 온다

7시 29분 기차가 들어오고 있다
작별 인사를 가는 길
해변은 온통 블루다

해 지기 전 지평선의 분홍을 보는 일은 곤혹스럽다
블루의 파수꾼이 꼭 분홍일 필요는 없다

분홍의 반역은 해변 어디에나 있다

블루는 손상되지 않은 해변의 언어
해변은 사라져 간 구어체이므로

다락방의 여자들

마당이 노랑으로 붉었습니다
어둠 속으로 몇 마디 주문이 떨어집니다
다락방에 어울리는 주문은 노랑

책을 뜯어먹은 쥐는 먼지가 되고
리듬을 먹은 먼지는 새가 되고
간혹 죽은 새 울음이 들리는데 이탈한 음표들로 난장입니다
나뒹구는 머리카락은 다락방 여자들의 오래된 이야기입니다

이빨 빠진 소쿠리에서
할머니가 화투 칠 때 쓰던 모포를 끌어와 누울 자리를 만듭니다

책을 펴면 쥐똥이 떨어지고
백열등이 할머니 돋보기처럼 물무늬를 만듭니다

다락방의 가면은 민낯
가면 너머 새로운 얼굴과 이름이 있어요
가면을 벗으면 얼굴이 사라져요

\>

다락방에 대한 리뷰는 끝날 줄 모르고
이곳은 미치고 싶은 난장이 천지 사방 널려 있습니다

아빠가 타고 오는 버스가 전복되기를 기도하느라 하루
를 탕진했어요

제발 완벽한 이곳에 나를 버려 주세요

바이러스가 온다

우한에 대한 괴담이 시작된 최초의 공간은 시장이 아니고 입이었다
바이러스는 비말을 타고 지구촌을 돌며 장미와 별을 감염시켰다

포털 사이트 검색 순위에서 코로나, 왕관, 태양이라는 단어가 실시간 1위를 차지했다
쓸쓸히 지나가는 비말飛沫에게 접근하지 말 것을 경고했지만 구멍은 고민하기를 싫어해서 금기에 어울리지 않았다

마스크에게 지배당한 입은 음모로 풍요로웠다
흔들리는 것들 사이에서 불안은 증식했다

언제 어디서 누구인지 아무도 몰랐다
모두 알아듣는 듯 신호를 보냈지만
거짓을 말하기 안성맞춤인 입술은 부풀리는 일을 업데이트했다

바이러스 이름이 하늘에 있다 땅에 있는 몸은 붉은 왕관을 두려워했다 선잠 자다가 총알 맞듯 봄을 맞겠지 죽은 벗

들을 위해 진혼곡을 불러야지

  언젠가 감기에 걸린 내게 그가 속삭였던 말이 비말처럼
튀어 올랐다
  Come on virus, kiss me please!
  키스의 효능이 바이러스에 발목 잡혔다
  붉은 피가 콸콸 쏟아져야 목마른 태양의 비명을 듣겠다

유독幽獨

생각지도 못한 곳에서 그 나목을 만났다
뢴트겐선이 심부를 통과하는 듯
굽고 뒤틀린 뼈대가 눈부셨다

잎사귀는 버리고 오래된 주름으로 몸을 여는 나무
그 눈빛에 익숙한 것처럼
내 몸은 가랑이를 열어 가슴을 구부리고
새처럼 깃을 칠 준비를 하고 있었다

대답이 없는 나무에게
홀연히 무성해질 숨소리에
오래전 귀 기울인 적 있는 것처럼
나는 부끄러워지기도 했다

경계는 기울어진 그늘
편백나무 숲 지나 닿을 수 없는
여기저기
소나기 자주 지나갔다

기대는 일은 내리막길

고삐를 늦추지 못했다

해 질 무렵의 조도는 그대로 멈출 것
검은 숲에서 책장을 덮을 때까지

구멍

2년째
흔들의자에 누워 계신 아버지
털양말에 구멍이 났다

염천에 추워…… 추워
등을 웅크리며 꼬물거리는 엄지발가락이
애벌레를 닮았다

초등학교 3학년 여름이었나
아버지 뒤따라 대문을 들어서는
장다리꽃 닮은 여자가 생각났다

저녁을 짓다 말고
뒤란 대숲으로 허둥대며 들어간 엄마
안방을 향해 한 움큼 흙을 집어 던졌다
흙은 안방까지 가지 못하고 툇마루에 흩뿌려졌다

아버지 양말을 벗겼다
올이 풀린 자리에 가지런히 솟은 치아들
주인의 여름날을 수런거리는 듯하다

\>

한 가닥의 실
한 가닥의 생각을 걷어 내자
대나무 숲이 요란하게 울었다

몸통

귀가 떨어져 나간 벼루 바닥의 높낮이가 다르다

먹을 움켜쥔 사내의 손등에
낮은 산등선 같은 정맥이 솟아올랐다

먹이 벼루를 건너는 시간
자자刺字 놀음은 검은 피로 번들거렸다

먹물은 잠시 숨을 고르고

펼쳐진 한지 위로
두 번 지나간 붓질이
허공을 답보하듯 끊기듯 이어지고
주술을 받은 사물들이 꿈틀거렸다

독도의 시간

어두운 시간을 위한 종이 울렸다
흩어진 섬들이 독도를 향해 눈꺼풀을 들어 올렸다
이글거리는 풍랑은 파란 비단잉어
선회하는 갈매기 떼 사이로
한 번은 품을 열어
지금 내 몸을 기억하라는 듯
육지의 섬들과 함께할 수 없지만
떠나가는 사람들 어디로 가는지 모르지만
뒤처진 갈매기 한 마리 머리 위로 날아가면
멀어져 가는 당신 눈을 차마 바라보지 못하고
무사히 육지에 닿기를
아껴 둔 햇살
나래 펼치도록 힘을 보낸다
부두가 출렁거렸다

하나의 이름을 버릴 때

나비가 피는 계절이 있다

나비는 하냥 피어났고
내일도 필 것이다
나비가 피기까지 열세 마리 꽃이 날아들었다
꽃 이름을 부르면 나비가 쑥대밭이 될까 봐
눈으로 좇았다

나비가 정신없이 물들어 갈 때
꽃은 어디를 향해 뜨거워지나

손 지문 닮은 협곡을 따라
꽃이 빙빙
나비가 빙빙

암록의 베일은
몸 풀기 좋은 구유였다
눈이 쏙 빠지는 해산이 끝나면
세상은 변명으로 붉었다

\>

나비
저녁에 이름을 버리고
아침에 혁명을 노래했다

동면에 드는 열세 마리 꽃들

낭만적 편두통

머리가 아픈 날은 포도를 생각하는 날이 많았다

생각의 비만은
산란기의 알처럼 우르르 쏟아져 나와
멋대로 내 몸을 포진하고 결속한다
점점 연대하며 부피를 늘여 가는 공포의 검은 방울들

여름밤은
초록을 품은 검은 기도
고해성사로 인하여
바깥은 연일 검은 비밀이 폭설이다

이 우울한 악기의 사용법은
외면하기

서랍 안에 감춰 두고
한때 우리가 오마주했던

편두통의 계절에 포도가 익어 간다

\>

검은빛이 무참히 짓이겨진 이마는 포도가 쓸쓸하다
핏빛의 역설이 싱싱해서 문득 서글퍼지는

포도의 시간이 온다

해 설

사랑의 역설을 꿈꾸는 미학적 순간
—이화영의 시 세계

유성호(문학평론가, 한양대학교 국문과 교수)

1. 상처의 흔적을 사랑의 원리로 바꾸어 내는 시편들

이화영 시집 『하루 종일 밥을 지었다』(천년의시작, 2024)는
삶의 구체적 장면에서 빚어진 여러 상처의 흔적을 새로운
사랑의 원리로 바꾸어 내는 과정을 보여 준 일대 마음의 풍
경첩이다. 시인은 소멸이나 부재를 향해 가는 순간을 사물
과 삶의 존재 형식으로 끌어올리는 모습을 일관되게 보여
주는데, 말하자면 개성적 감각과 사유와 화법을 통해 삶의
필연적인 슬픔에 대한 심원한 해석의 세계를 우리에게 선
사하고 있다. 그런가 하면 그의 시에 줄곧 나타나는 이미
지군##은 정태적 상태를 지향하지 않고 내면 경험의 에너지
를 언어의 그것으로 치환해 내는 데 집중하고 있다. 그리
고 다양한 사물에 고유의 질감을 부여하는 안목과 그것을

언어의 구체성으로 전환하는 조형 능력을 동시에 보여 준다. 그 점에서 우리는 이화영의 시를 통해 사물과 상상력이 만나 빚어내는 다양한 환상적 창조물을 만나게 되고 그 안에서 '시'를 향한 그의 진정성 있는 목소리를 선연하게 들을 수 있게 된다.

우리가 잘 알듯이 모든 사물은 일정한 시공간에 존재하다가 그 물리적 유한성으로 말미암아 소멸해 간다. 그 어떤 사물이나 현상도 한순간 존재했던 것에 지나지 않는 것이다. 이화영 시인은 유한한 기억 속에 웅크린 이러한 사물과 삶의 속성을 증언하고 나아가 인간과 자연, 몸과 마음, 생성과 소멸이 불가피한 공존 관계임을 역설해 간다. 이 모든 것이 구체적 경험을 근간으로 하는 섬세한 감각에서 비롯된다고 할 수 있을 것이다. 결국 시인은 사물과 삶이 가진 일회성의 빛을 통해 스스로의 경험과 무의식을 암시하는 방법을 견고하게 유지하면서, 그 결실이 삶의 경이로움으로 이월해 가는 순간을 포착하고 형상화해 간다. 이번 시집은 이화영 시력詩歷에서 그러한 진경進境을 가늠하게 해 주는 중요한 마디로 우뚝하다. 이제 그 세계 안으로 천천히 들어가 보도록 하자.

2. 소멸과 기억의 불가분리성

먼저 우리는 이화영의 시가 구성하는 기본 축이 사물의

속성과 내면의 출렁임을 매개하고 통합하는 예민한 감각에 있다는 점을 알게 된다. 그의 시편은 형이상학적이거나 윤리적인 전언을 한껏 비껴가면서 매우 구체적인 감각과 율동을 장악하고 표현해 간다. 다양한 상상력을 개입시킴으로써 한결 선명한 감각적 우화寓話에 근접해 가는 것이다. 이때 시인은 구심적 상상력을 통해 자신의 몸속에 축적해 온 감각의 구체를 표현하는가 하면, 원심적 상상력을 통해 새로운 세계를 확장하고 개진하려는 의지를 표명하기도 한다. 그렇게 경험적 실감과 상상적 미감을 동시에 존중하면서 그의 시는 더욱 아름다운 사랑의 원리로 승화되어 간다. 다음 시편을 먼저 읽어 보자.

나는
당신의 이름을 알지만
당신은 모릅니다

당신을 만나서 기쁘지만 언제 당신을 잊을지 모릅니다

당신의 얼굴은
내가 아는 그녀와 많이 닮아서 자꾸 웃게 합니다

왜 이렇게 늦게 만났느냐고
어디 사냐고
묻지만

그 순간에도 난 당신을 잊어 갑니다

어느 날은 전혀 모르는
당신이 따뜻했습니다
당신은 내 손을 잡고 하염없이 울었습니다

우리는 어디서든 잊고 있습니다
잊는 일은 우리를 만나고 웃게 합니다

사람들은 나에게 친절합니다
나는 꽃잔디 같은 미소를 짓고
당신은 자꾸 내 손을 만지작거립니다

당신이 떠날 때
당신 얼굴과 이름이 떠올랐지만
나는 문턱을 넘지 못하고 배웅합니다

모르게 잊고 살다
어느 하루는
당신이 생각나 가만 잠이 듭니다

—「모르는 당신」 전문

　이 간곡한 사랑의 시편은 '모르는 당신'이라는 신비로운
2인칭을 향해 건네는 간절한 마음의 화폭으로 다가온다.

'나'는 '당신'의 이름은 알지만 정작 '당신'을 알지는 못한다. 만나면 기쁘지만 언젠가 잊을지도 모르는 순간순간에 '나'는 그 '모르는 당신'이 더욱 따듯함을 느낀다. '당신'은 언제나 떠나고 '우리'는 그때마다 서로 잊어버린다. 하지만 그렇게 잊어버리는 일은 '나'와 '당신'을 다시 만나게끔 해 주는 사랑의 역설을 허락한다. '나'는 '모르는 당신'을 잊고 살다가 문득 '당신' 생각에 잠이 들기도 한다. 표면적 논리로 보면 '당신'은 이별과 망각을 불러오는 미지의 대상이지만, 이면적 흐름으로 보면 그 미지의 상태는 오히려 항구적 만남을 가능케 해 주는 역리逆理를 품는 것이다. 이러한 사랑의 역설이야말로 시인으로 하여금 "사라지고 흩어지는 것들에 대한/ 미련"(「신발을 잃다」)에 멈추지 않고 "죽어도 죽을 줄 모르는/ 형상도 없이/ 피어나는"(「동짓날」) 순간으로 나아가게 해 주는 것이 아니겠는가. '모르는 당신'은 그러한 역설 속에서만 존재하는 선명하고 아득한 2인칭인 셈이다.

> 물살이 부챗살로 접혀 흐르는 강둑을 걸었다
> 부추꽃을 닮은 작은 흰나비 가볍게 눈썹 위로 지나갔다
> 나무 빛깔과 바람의 온도에 어울리지 않는 나비였다
>
> 당신 대신 울고 있는 가을 강을 보고 있다
> 외로워서 죽은 강물이 있다는 소문이 떠돌았다
> 죽어서도
> 당신은 강물의 연인으로 남았다

죽음은 강으로부터 온다
강을 바라보는 방법 중 하나는
마음을 바꾸는 일
얼어붙은 심장을 끌어안는 일

물이 물을 안고 흐르고
강이 나비의 형상을 이룰 때
11월 강은 무심해서 건너기 좋은 계절이라고 당신은 말했다
　　　　　　　　　　　　　　—「강을 바라보는 방법」 전문

　여기서 강을 바라보는 방법 역시 자연스럽게 사랑을 관철해 가는 시인 특유의 방법으로 몸을 바꾼다. 강둑을 걷다가 부추꽃 닮은 흰나비가 지나가는 것을 바라보던 시인은 그 나비가 강변 나무 빛깔과 바람 온도에 어울리지 않는다고 느낀다. 가을 강은 '당신' 대신 울고 있고 '당신'은 강물의 연인으로만 남았기 때문이다. 이때 시인은 마음을 바꾸고 얼어붙은 심장을 끌어안는 일이 사랑의 방법임을 알아 간다. 강물은 나비 형상으로 죽음을 넘어서고 시인은 언젠가 '당신'이 들려준 말에 사랑의 기억과 부재의 흔적을 쓸어 넣는다. 그렇게 시인의 사랑은 강물처럼 흘러가고 나비처럼 날아갈 수 있을 것이다. 이화영 시인은 그러한 과정을 통해 "빛의 움직임 뒤로／ 표면에 드러나지 않은 침묵"(「단팥죽과 국화차」)을 끌어안고 "죽도록 사랑한 죽음"(「마리아 뭉크」)을 가로질러 가고 있는 셈이다.

이처럼 시인은 그것이 현실적 대상이든 초월적 대상이든, 사랑하고 헤어지고 이제 흔적으로만 남은 '모르는 당신'을 소환하여 삶의 불가피한 기억을 하나하나 토로해 간다. 물론 그것은 순수한 정신적 친화력에서만 발원하는 것이 아니라, 강렬한 사랑을 가능케 하는 역설의 기제로서 현상하기도 한다. 시간의 풍화 속에서 사라져 간 누군가를 기억의 흔적으로 되살리는 이러한 예민한 감각과 사유를 통해, 이화영 시인은 소멸과 기억의 불가분리성을 암시해 주는 것이다. 그러니 죽음은 삶이 끝난 데서 시작하는 것이 아니라 삶과 한 몸의 결속체를 이루는 것이고, 소멸은 신생이 정지된 상태가 아니라 그들 서로가 상대를 필요로 하는 호혜적 관계를 구성하는 작용이 아니겠는가. 그렇게 시인은 소멸과 기억의 불가분리성에서 찾아낸 사랑의 역설을 우리에게 들려준다. 그리고 그러한 함의를 담은 '나비' 형상은 다음 시편들로 이어지면서 이번 시집을 더욱 아름답게 채워 주고 있다.

3. 숭고하고 초월적인 미학적 표지標識

언어는 구체적 감관感官과 객관적 세계를 매개하는 기능을 핵심적으로 수행한다. 그 언어의 예술적 구성물인 '시詩'는 시간의 흐름에 놓인 사물의 속성을 필연적으로 다루게 마련이니, 우리가 시의 핵심 요소를 '언어'와 '시간'으로 규정한다 해도 잘못은 아닐 것이다. 이화영의 시는 '시간'과 친연성을 가지면서 '언어'를 통한 내면 경험을 보여 주는 독창적 세계로 찾아온다. 그의 시는 '시간'을 가장 커다란 방법적 기제로 삼으면서 사물과 그에 대한 반향을 집중적으로 표상한다. 이화영 시가 가지는 이러한 '시간예술'로서의 성격을 충실하게 예증하는 은유적 표상이 '나비'인데, 그 이미지는 시인의 반응을 보여 주는 투명한 이미지로 다가오고 있다.

저녁 산책을 했다
추웠고 음울한 詩월이었다
생생하게 내 곁을 스쳐 가는 나비
젖은 땅에서 오르는 푸르스름한 안개는 가시나무에
투명한 얼굴을 걸고 있었다

색을 거부한 숲은 싸늘하다

어둠은 나비의 피부
검은 수프를 마시고
저녁 숲을 하얗게 더듬더듬 먹어 치우는 나비

햇살이 사라진 숲에 리라 소리 살랑인다
새벽 별마저 심지를 꺼 버리고 나면
권태는 나비의 혈관을 얼어붙게 하지

온기가 필요해
장전된 기억을 날려 줘

날개를 접은 나비들 무반주 합창을 하며
저녁 숲에 목을 걸고 있었다

마치 물방울인 듯
투명한 얼굴을 걸고 있다
　　　　　　　　　　　　　—「나비, 저녁 숲으로 가다」 전문

　저녁 산책 중 시인은 나비가 곁으로 스쳐 가는 것을 생생하게 경험한다. 젖은 땅, 푸르스름한 안개, 가시나무에 투명한 얼굴을 걸고 있는 나비 등은 '저녁 숲'이라는 신비로운 시공간을 형성하는 환상적 창조물로 다가온다. 어둡고 싸늘한 숲을 먹어 치우는 가을 저녁 '나비'는 음습하고 강렬한 상상 속의 심미적 존재자로 등극한다. 햇살 사라진 숲에서 들려오는 리라lyra 소리는 그 자체로 숲을 감싸는 신화적 배경이 되어 준다. 그렇게 온기가 필요한 숲에서 "날개를 접은 나비들"은 물방울인 듯 투명한 얼굴을 하고 있다. 이때 나비의 날개도 시인의 영혼도 투명성으로 서로를 마주하였을 것이다. 이제 숲은 가장 어둡고 차갑지만 아름다운 소리가 출렁이는 곳으로 시인을 데려간다. 저녁 숲으로 날아간 나비는 다름 아닌 시인 자신이었던 것이다. 이처럼 숭고하고 초월적인 아름다움을 통해 스스로를 돌아보는 그의 상

상력은 신화적 시간으로 이월해 가는 과정에서 더 아름다
운 빛을 뿌린다.

　　나비가 피는 계절이 있다

　　나비는 하냥 피어났고
　　내일도 필 것이다
　　나비가 피기까지 열세 마리 꽃이 날아들었다
　　꽃 이름을 부르면 나비가 쑥대밭이 될까 봐
　　눈으로 좇았다

　　나비가 정신없이 물들어 갈 때
　　꽃은 어디를 향해 뜨거워지나

　　손 지문 닮은 협곡을 따라
　　꽃이 빙빙
　　나비가 빙빙

　　암록의 베일은
　　몸 풀기 좋은 구유였다
　　눈이 쏙 빠지는 해산이 끝나면
　　세상은 변명으로 붉었다

　　나비

저녁에 이름을 버리고
아침에 혁명을 노래했다

동면에 드는 열세 마리 꽃들
　　　　　　　　　　—「하나의 이름을 버릴 때」 전문

　나비가 피는 계절로 왔다. 나비는 꽃처럼 하냥 피어나고 내일도 피어날 것이다. 나비가 필 때까지 꽃들은 날아든다. 겉으로 보자면 나비와 꽃은 그 이름과 역할을 서로 바꾼 것이다. 나비가 물들어 갈 때 꽃은 뜨거워지고, 암록의 베일을 따라 나비도 꽃도 돌고 있다. 결국 나비는 이름을 버리고 혁명을 노래해 간다. 이름을 버린 나비의 수행성이 닿은 곳이 신비로운 존재 전환의 순간을 낳는다. 시인은 "나비에 홀려 전장을 헤매다 스러져 간 아픈 영혼처럼"(「달」) 세상을 나서 "운명에 흔들리지 않는/ 침묵"(「입춘」)을 어루만진다. 그 순간이 이름이라는 외피를 벗어던지는 사랑의 순간임을 암시한다. 사랑의 역설이 만들어낸 혁명의 순간이 그곳에 있을 것이다. 그 서정시의 순간성이야말로 가장 숭고하고 초월적인 심미적 찰나였을 것이다.
　이화영 시인은 '나비'라는 상징을 여러 곳에 불러와 우리가 잃어버린 사랑을 탈환하면서도, 보다 높은 정신적 차원을 지향하는 경지까지 구축해 간다. 그만큼 그는 단순한 풍경에 도취하지 않고 그 안에서 삶의 심층적 신비를 발견해 간다. 동시에 시인은 궁극적으로 가닿아야 할 실존적 모습

을 다양하게 상상하면서 '나비'라는 상징을 통해 인간 존재
의 비극성과 심미성을 동시에 표상한다. 비록 물질세계에
연루되어 있지만 초월적 영혼으로 스스로를 탈환하려는 역
동성을 보여 준다. 이처럼 이화영은 현실과 신화, 구체와
상징, 몸과 영혼의 상호작용으로 사물과 삶을 파악하고 형
상화하는, 숭고하고 초월적인 균형과 조화를 이루는 방향
으로 시를 써 가는 시인이다. 그 점에서 평균적 비속성이나
일탈과 부조화는 이화영 시의 목표가 아니다. 그의 상상력
은 가장 숭고하고 초월적인 미학적 표지標識로서의 사랑을
역설적으로 암시하는 데 목표를 두고 있고, 서정시의 순간
성은 그러한 목표를 가능하게 해 주는 상상적 시간 형식이
되어 주는 것이다.

4. 존재론적 기원에 대한 기억의 온기

서정시에 구현된 기억이란 물리적 시간을 사실적으로 재
현한 것이 아니라, 시인 자신의 현재적 경험이 시간의 흔
적을 사후적으로 불러낸 결과를 뜻한다. 시간의 흔적에 대
한 기억이 바로 서정시의 제일의적 수원水源이 되고, 우리
모두는 남다른 기억을 통해 그리움의 정서를 발현하는 것
도 그 때문일 것이다. 이처럼 존재론적 동일성을 탐색하려
는 서정시의 속성은 유한한 존재자들의 잔상殘像을 통해 비
로소 실현된다. 이번 시집의 저류底流에는 이러한 원체험이

소중하게 담겨 있는데, 이화영 시인은 스스로의 원체험을
부단히 변형하고 새로운 기억을 부가하면서 자신만의 경험
적 동일성을 획득해 간다. 이때 원체험을 변형하는 데 따라
오는 기억은 시인의 아버지와 어머니라는 존재론적 기원起
源을 향하곤 한다. 시인은 그러한 원체험의 변형 작용을 통
해 자신의 존재론적 기원을 노래해 가는 것이다.

> 치매 전조를 보이는 아버지는 점심마저 거르고 누우셨다
> 불린 쌀을 끓여 짓이겨 체에 걸렀다
> 종유석빛 밥물이 뚝뚝 떨어졌다
> 한 숟가락 떠서 드리자 틀니 어긋나는 소리 뒤로 넘기셨다
>
> 구할 수 없는 기도를 뒤로하고
> 지하철 에스컬레이터에 올랐다
> 걸어도 걸어도 계단의 세계는 확장되었다
>
> 아버지는 저녁을 드셨을까
> 새벽 내내 아버지는 화장실을 서너 번 들락거리셨다
> 주춤거리는 발걸음과 가래 섞인 숨소리가 입 벌린 문틈
> 으로 들려왔다
>
> 한 손에 창을 들고 짐승을 쫓던 아버지는 어디 가셨나
> 한 동굴의 족장은 이대로 막을 내리는가

나를 지나친 사람들이 저만치 내려가고 있는데 나는 여
전히 그 자리다
　올라가는 사람 내려가는 사람들이 나를 쳐다보았다
　나 혼자 거꾸로 계단을 오르고 있었다

　등줄기를 타고 흐르던 땀이 한순간에 눈초리가 되어 싸
늘했다
　아버지의 동굴에서 멀리 빠져나와 허둥거리다 실족했다
　언제부터인가 방향을 찾는 일이 간단하지 않다
―「역주행」 전문

　아버지의 말년을 써 가는 딸의 필치는 고요하고 정직하
다. 치매 전조를 보이시는 아버지를 감싸고 있는 조건들은
한결같이 "구할 수 없는 기도"처럼 어떤 소멸의 상태를 향
해 간다. '점심/불린 쌀/밥물/한 숟가락/저녁' 같은 단어들
이 딸이 아버지께 건네는 행위의 구체성을 보여 준다. 어느
날 시인은 지하철 에스컬레이터 계단에서 "한 손에 창을 들
고 짐승을 쫓던 아버지"의 부재를 떠올린다. 이대로 막을 내
리는 "한 동굴의 족장"을 생각하면서, 사람들은 계단을 내
려가는데 정작 자신만 그 자리에 서서 계단을 오르고 있는
듯한 환각을 느낀다. 이렇게 "아버지의 동굴"에서 멀리 빠
져나와 실족하는 자신을 두고 시인은 '역주행'이라는 표현
을 택하고 있다. 아버지와 시인의 그러한 시간이 한편으로
는 동굴에서 빠져나온 기운을, 다른 한편으로는 방향조차

가늠하기 어려운 착란의 마음을 가져온 것이다.

엄마는 약을 드시고 계속 잠만 잤다
가끔 머리를 흔들며 소리를 지르기도 했다

악몽을 꾸는 것은 살아 있는 증거라고 말할 수 없었다

자작나무 뼈처럼 창백한 몸에
하루에도 옷을 몇 차례 갈아입히고

고집스럽게 기저귀를 거부해서
바지를 내리는 순간 지린 꽃 피었다

목욕을 시키고
언제 닥칠지 모르는 전투에
완전 복장을 입혔다

시공간을 잊고
사람을 잊고
자신의 정체성까지 잊고
광야에서 홀로 마주한 세상 끝의 얼굴

엄마에게 출구 전략이 있을까
어느 문을 나서고 있는지

비 내리고 춥다

낡은 문갑 위에
이름 모를 분홍 조화
말 없는 꽃은 이쁘다

한 방에 이불을 펴고 눕는다
이불을 덮어 주며 토닥거려 주던 손길이 없다

엄마
내일은 진달래밥 지어 드릴게요

　　　　　　　　　　　　　　　　—「하루 종일 밥을 지었다」 전문

　시집 표제작이기도 한 이 시편은 기억 속의 어머니를 소환하고 있다. 어머니 역시 '약/잠/소리/악몽' 같은 조건에서 "자작나무 뼈처럼 창백한 몸" "지린 꽃" "광야에서 홀로 마주한 세상 끝의 얼굴"처럼 출구 전략조차 없는 상황에 계시다. "낡은 문갑"과 "이름 모를 분홍 조화"는 이러한 상황의 은유적 이미지로 다가오고, 시인은 어머니와 한 방에 누웠지만 "이불을 덮어 주며 토닥거려 주던 손길"이 부재하다는 것을 느낄 뿐이다. 오늘은 어머니를 위해 밥을 지었고 내일은 어머니를 위해 진달래밥을 지어 드릴 것이다. 이때 '하루 종일'은 이불 덮어 주는 역할을 서로 바꾼 어머니와 딸의 시간이요, '내일'은 또 밥을 짓고 목욕을 하고 세상 끝 얼굴을 만져야 하는 어머니와 딸의 시간일 것이다. 그렇게 시인은 "보조등에 비치는/ 엄마의 수줍은 미소"(「요강 피다」)를 어루만지면서 "곤한 잠에 든 엄마의 손사래가/ 유리창에 부딪힌 나비처럼 파닥거릴 때/ 엄마 요강을 부시면서/ 부식되어 허물어지는 목숨이 느껴질 때/ 암모니아의 격렬한 고요가 고독으로 밀려들 때/ 엄마가 가슴팍까지 들어찬"(「빈집」) 시간을 하염없이 바라보고 있다.

우리는 서정시를 통해 현실에서는 전혀 불가능한 존재 전환을 꿈꾼다. 그때 우리는 물리적 현실을 벗어나 전혀 다른 곳으로 상상적 이동을 하게 된다. 그때 이루어지는 시적 경험이란 사물에게로 원심적 확장을 했다가 다시 스스로에게 구심적 회귀를 하는 과정을 밟는다. 이화영 시인은 서정시의 이러한 속성 곧 타자로의 확산과 자기로의 충실한 회귀를 동시에 꿈꾸면서 실재와 환幻 모두를 통해 삶의 가장 근원적인 슬픔을 노래한다. 이 순간이 오롯하게 빛나는 것도 이러한 존재론적 기원이 아득하게 시인을 감싸 주고 있기 때문이다. 그 순간에 대한 기억의 온기가 따듯하게 전해져 오고 있지 않은가.

5. 기억의 책무로서의 성찰적 기록

이번 시집은 현실과 꿈의 접점에서 기억의 흔적을 찾아가는 여로에서 쓰인 탐색의 기록이기도 하다. 그 안에 담긴 스케일은 시인 자신을 포함한 인간의 존재론 전체를 탐색하는 고고학적 열정으로 나타나고 있는데, 그 점에서 이번 시집은 우리에게 새로운 존재 전환의 가능성을 다양하게 열어 준 상상력의 결실이라 할 만하다. 눅눅한 세월을 지나 한결 너른 품을 가지게 된 자기 심화의 과정을 보여 준 시인은 스스로에게는 '시'를 사유하는 근원적 계기를 만들어 주고, 우리에게는 '시'가 사물과 삶을 감싸안는 심미적 실존의 노래임을 알게 해 준다. 이번 시집에서 시인은 '시'가 사물과 삶을 그 유일성의 가치로 기록하는 성찰적 양식임을 선언한다. 그래서 그의 시에는 일상 국면이 드러나는 경우도 많이 있지만 세상을 살아가는 이들에 대한 기억의 책무를 다하는 시편들도 적지 않게 된다. 시인은 '시'로써 '시'를 생각하고 삶을 노래하는 면모를 풍요롭게 보여 준 것이다.

스며든 빛이
검은 호리병의 선을 뭉그러트렸다
사라진 선을 낱장으로 읽었다

오방을 떠돌다 온 바람이
모란으로 담겼다

봄빛 한 폭 베어 와
그늘을 나누는 저들의 필법을
나는 오랫동안 훔치며

서성일 것 같다

—「검은 호리병에 담긴 모란」 전문

검은 호리병을 찾아온 빛은 선을 뭉그러트리고, 사라져 버린 선을 고유하고 개별적인 낱장으로 만들어 놓는다. 그 편편片片을 읽어 간 시인은 "오방을 떠돌다 온 바람이/ 모란으로" 담긴 과정을 "봄빛 한 폭 베어 와/ 그늘을 나누는 저들의 필법"으로 등가화한다. 이 낱장을 기록하고 필법을 훔치는 과정이 바로 '시인 이화영'의 감각과 사유가 피어나는 시간일 것이다. "검은 호리병에 담긴 모란"은 그 점에서 시인의 언어에 담긴 정직하고 진실한 기록의 뜻을 함유하고 있다. 그렇게 이화영 시인은 "첫눈에 반해 세속적인 이름으로 곁에 있고 싶은"(「표변豹變」) 순간을 기록하고, "먹이 벼루를 건너는 시간"(「몸통」)을 견디면서 "먼 기러기 발자국을 세며 간서치가 되어"(「편지」)가는 자신을 바라보기도 한다. 이 모든 것이 기록자로서의 시인의 위의威儀를 잘 보여 주는 순간이 아닐 수 없을 것이다.

1950년 9월 27일 전북 군산시 미면 마을
우리는 한밤중에
우리 아닌 우리에 들었다

동네 주민끼리 밤낮으로 의심은 높아지는데
어둠의 감시를 받는 아침은 더 푸르게 찾아왔다

몽둥이와 죽창 대검은
어느 일가의 손에서 찬란했으며
동네 주민 120여 명의 목숨은
어둠을 붉게 그었다

이 낡은 세계를 수천 번 읽는다
어둠의 감시를 받는 우리는

지옥의 악마들이 잃어버린 암호는
건장한 남자 여자 임산부 어린아이

이곳은 온갖 뿌리의 기도가 무성한 대지
죽음과 영생의 눈 밝은 별이 오르다 떨어지고
그들의 비행은 우리를 비행하게 했다

2023년 6기 인공 동굴의 흰나비 떼들을 찾는
굴삭기와 망치와 철조망의 레퀴엠
녹슨 위에 녹턴이 흐른다

일제강점기와 6·25 전쟁이 생산한
홀로코스트 6기 동굴

명아주꽃 핀다
내 고향에서 나는 아직 어린아이

내 곁을 지나가는 모든 것은 그대로일 뿐

—「6기 인공 동굴」 전문

이 이채로운 기록은 "1950년 9월 27일 전북 군산시 미면 마을"이라는 구체적 시공간에서 시작된다. 전쟁이 시작된 지 3개월여의 시간이 지난 때 "우리 아닌 우리"에 든 이들은 어둠의 감시를 받는 아침을 맞는다. "몽둥이와 죽창 대검"이라는 폭력의 민낯이 "주민 120여 명의 목숨"을 어둠으로 몰아갔다. 그 죽음과 영생의 별이 오르다 떨어지는 순간이 이렇게 시인의 언어에 의해 사실적으로 기록되고 있다. 일 제강점기와 6·25 전쟁이 생산한 "6기 인공 동굴"의 흰나비 떼들을 찾는 "굴삭기와 망치와 철조망의 레퀴엠"이야말로 "군산시 미룡동 군산대 공과대학 뒤편"에 갇혔던 홀로코스트를 증언하는 시인의 목소리를 은유하는 것일 터이다. 고향에서는 아직도 어린아이일 뿐인 시인은 "내 곁을 지나가는 모든 것은 그대로일 뿐"임을 정직하게 쓴다. 그 '씀'을 통해 세상에 편재한 인간의 잔혹성과 역사의 폭력성을 각인하는 것이다. 그렇게 "야생의 문장"(「새를 만나다」)을 재현해 가는 시인의 필치가 견고하고 팽팽하기만 하다.

우리는 이번 시집에서 시인의 따뜻한 시선과 성정性情을 계속 만난다. 그의 시편은 현실을 투시하는 안목과 미학적 갱신이라는 스스로의 요구를 결합한 결실로 다가오고, 일찍이 아방가르드를 야만과 폭력에 대한 고통의 미메시스로 규정했던 아도르노의 규정을 참조하면 '서정의 아방가르드'

라고 명명해도 좋을 세계를 구축하고 있다. 타자의 고통에 자발적으로 연루됨으로써 그는 고통의 미메시스를 구현해 내는 따뜻한 안목과 표현을 일관되게 보여 주고 있다. 따라서 그의 시는 모든 생명을 공경하는 시인의 마음을 따라, 역사와 인간이 깊은 연관성을 형성하면서 뿌린 흔적을 기록해 간다. 그 전언을 따라 우리는 치유와 회복의 프로세스를 함께 경험하게 되는 것이다. 기억의 책무로서의 성찰적 기록이 그러한 역할을 다하고 있지 않은가.

6. 시집이 발산할 수 있는 최량의 빛나는 성취

우리가 천천히 읽어 왔듯이, 이화영 시집『하루 종일 밥을 지었다』는 사물과 삶에 대한 시인 특유의 사유와 감각을 '다른 목소리'로 치환하고 배열하는 작법에 의해 완성된 미학적 결실이다. 순간순간 소멸해 가는 존재자들의 쓸쓸하고도 불가피한 속성이 후경後景처럼 둘러져 있고, 그 안에는 상처와 비명을 아름답게 견인堅忍해 온 시인의 시간이 명징한 형상으로 드리워져 있다. 그래서 우리는 인간 보편의 실존적 벼랑과 함께 그곳에서 사랑의 역설을 꿈꾸는 시인의 미학적 순간을 하염없이 바라보게 된다. 최근 우리 시단은 쟁점 부재의 각개약진으로 나아가고 있다. 이화영 시인은 그동안 거대 담론이 숨겨 놓았던 미시적 행간을 가로지르면서 자신만의 외롭고도 아름다운 이미지와 서사를 형상화하는 개성적 세계를 보여 주었다. 그 세계는 사유의 밀도와 어법의 활력 그리고 세상을 근원적으로 투시하고 포착하려는 시선을 가득 품고 있다. 개별 시집이 발산할 수 있는 최량의 빛나는 성취라고 해야 할 것이다. 오랜만의 시집 상재를 축하하면서, 앞으로도 더욱 이화영 시의 진면목이 활달하게 펼쳐지기를 희원해 마지않는다.